漂着の岸辺

桂沢　仁志

目次

漂着の岸辺

月桃《ゲットウ》の花が咲くとき（6．23）

灰色の雨が降る
静かな梅雨空の下
※月桃の花が咲いている
鈴なりの肉の厚い白い花
花心《かしん》には黄色と赤の縞模様
緑濃い葉から甘い香りを立てて

遠い昔この島で
この土地で戦争があった
月桃の花咲く野原でも

砲弾が爆《は》ぜ銃弾が飛び交い
「鉄の暴風雨が荒れ狂った」
という激しく惨《むご》い戦いだった

赤ん坊や子供らが爆風で飛び散った
少年と少女らが体中撃ち抜かれていた
村の男女や老人らも手足を失っていた
沖縄の兵士も日本の兵士も死んでいた
アメリカの兵士たちも死んでいた
血と死がこの島を支配していた

月桃が咲く野原で戦争があった

人々の体が吹っ飛び手足が転がった
原野の土が 夥《おびただ》しいその血を吸った
月桃の白い花にも血の雨が降り注ぎ
血で赤く汚れてしまった月桃の白い花
灰色の梅雨空の下爆風に激しく揺れていた

※月桃（ゲットウ）：ショウガ科ハナミョウガ属の多年草。丈約二メートル。亜熱帯性で日本では沖縄から九州南部に分布。五～六月に茎頂から穂状花序を出し、白い花を咲かせる。唇弁は黄色で中央に赤い縞模様がある。秋に赤い実を結ぶ。葉は楕円形でつやがあり、甘い香りを放つのでアロマオイルの原料となる。虫除け効果もある。

ひめゆりの祈り

「南の楽園」と言われた島々は
青い空の下　碧い海の光に包まれ
温かく澄んだ水の広がりの中で
さまざまな珊瑚礁が色鮮やかな魚たちを
優しくかくまい育み憩いの場を与えている
亜熱帯の海の生物たちの安らかな営みがある

だが空の青にも
それぞれの喜びと悲しみがあり
また海の碧《あお》にも

それぞれの恵みと苦しみがある
その島で暮らす人々の
悲嘆と祈り　災厄《さいやく》と祝福があった

敵国の本島上陸を目前にして
軍により島内各女学校の生徒たちは
「補助看護婦」として動員された
「ひめゆり部隊」など九つの学徒隊があった
負傷者の世話のため「野戦病院」に配置されたが
病院といっても小高い丘に幾つも横穴が掘られ
土壁に丸太を組んだ二段ベッドがずらりと並んでいた
彼女たちの主な仕事は食事運びや死んだ兵士の運搬だった

軍の戦線崩壊にともない女学生の部隊も突然解散された
「君たちにはもう用はないから今後は自由行動を取れ」と
そして五・六人の班に一個の自決用手榴弾が渡された
私たちは「鉄の暴風」と言われた砲弾を避けて夜に移動した
ある時手榴弾を懐に入れた元班長の先輩がそっと呟いた
「わたしはむしろ真っ先に手榴弾の上に身を投げ出して
木《こ》っ端《ぱ》微塵《みじん》に身がなくなって死んでしまった方がいい
中途半端に負傷し捕まって外国で慰安婦にされるのはいや！」
同じ班で逃げていた学友たちも砲撃や銃撃でばらばらになった
私は運よく無傷《むきず》で砲撃の破片で目を傷めた親友の手を引いて歩いた
夜中にそっと海沿いのある洞窟《ガマ》に忍び込んだ

ぬるとしたもので足が滑りそうになった
暗闇に目が慣れてくるとそれが人々の血だと分かった
何十人もの遺体が折り重なって倒れていた
私たちは別の洞窟の道を進みそこで二人で抱き合って寝た
日が明けたのか洞窟の先の方に微かな光が見えた
私は彼女を助け起こし光の方向に進もうと勇気付けた
手を取って歩いていくにつれて光の形が大きくなった
歪んだ形だったが洞窟の出口であることが分かってきた
しかも光を通して青い空と碧い海まで見えてきた
そのことを彼女に告げると傷ついた目に涙を浮かべて言った
「たとえ目が見えなくても最期に青い空と碧い海に触れたい！」
突然彼女は走り出した　私の方が引っ張られた

二人は洞窟の出口で朝の日の光と空と海の光を浴びた
だが艦砲射撃の炸裂で二人はオレンジ色の閃光《せんこう》に包まれた

一握の種子

乾いた褐色の大地の上で
ふいに占領軍の迫撃弾が炸裂し
吹き飛ばされた少年の拳の中に
ぎゅっと握り締められていた
花々の小さな種子の粒たち

少年の体はばらばらになって
宙に飛ばされ血肉の砂塵と散った

数ヶ月前　朝の礼拝中に訳もなく

狙撃によって殺された父の死に
抗議したため政治犯とされ拘留された
敬愛する兄の無事な帰宅を祈って
少年は家族たちと裏庭に植えるための
花々の種子を集めていたのだった

花々の種子は少年の拳とともに
宙に飛ばされ大地に撒かれ
時間に埋もれ何か月かの後に
季節の水分と養分を吸い取り
柔らかな光と温度を受け入れ
褐色の土の中で硬く握り締めた

白骨化した拳の指骨《しこつ》の間から
生命の芽を出し幾つもの双葉が
大地の土を割って生え伸び
柔らかな緑の葉を茂らせて
鮮血の飛沫《しぶき》のような真紅の花々が
陽炎の中で揺れながらいつまでも
大地を燃え上がらせるだろうか？

生命の旅

沸き立つ汐の海から
闇の坑道のような
狭い産道を捩《よじ》り抜け
独りで生まれてきたのであり

幾つもの時空を超え
遥かな道のりを辿《たど》り
喜びと悲しみの縄をない
愛憎と苦楽の日々を送り

最後に映る光景を
霞む目の網膜に貼り付け
一つの思いの欠片《かけら》とともに
最期の息を引き取るのであり

遠い異国の戦場で
かっと目を見開いたまま
濁った瞳を宙に向けるにしろ
泥土の中に眼球を埋めるにしろ

安らかな床で愛する家族の顔を
脳裏に焼き付けるにしろ

慈愛に満ちた温かい手で
優しく目蓋《まぶた》が閉ざされるにしろ

いずれ私たちの魂は
あの蒼穹《そうきゅう》の闇の中へ
百億光年の宇宙の果てへ
独りで旅立っていくのである

漂着の実

岸辺に寄せる波音は優しく悲しい
碧《あお》い海を青い空が丸く包んでいる
はるか沖で水平線が空に溶けている
波打ち際を飛ぶ海鳥《うみどり》の声が風に裂かれる

かつてこの半島の南側の砂浜に
一つの椰子《やし》の実が流れ着いた
という話を民俗学者から聞いた
ある詩人が美しい詩を作った

「名も知らぬ遠き島より
流れ寄る椰子の実一つ……」

歳月と潮に茶色く変色したその実は
砂浜に半ば埋もれて留まっていたのか？
波に洗われるままに転がっていたのか？
澄んだ青い海と空に包まれた小さな島の
はるかな故郷の岸辺の親なる木を離れて
波に漂い風に吹かれ潮に流され
見知らぬ浜辺に漂着したのか？
遠き島には慎ましい島人たちが
平和に豊かに暮していただろう

彼らは椰子の木に寄り添って生きてきた
食べ物や飲み物や編み物や燃料になった
優しい島人と椰子の木の物語がある
この詩には美しい海と空に包まれ
穏やかに暮らす島人への思いがある
その詩人は優れた感性と柔軟な思考
遠くを見通せる洞察力の持ち主だろう

時は過ぎ時代も変わってしまった
きなくさい臭いが全土に満ち溢れ
どこからともなく海外で硝煙が上がり
砲弾と銃弾が飛び交い戦争となった

兵は食糧が与えられず略奪が横行した
敵国語である英語の使用が禁じられ
ハンカチは手巾《てきん》　フォークは肉刺《にくさ》し
ピアノは洋琴《ようきん》　コロッケは油揚《あぶらあ》げ肉饅頭《にくまんじゅう》
などに変えられ博愛や寛恕《かんじょ》の心が失われ
「生きる」ことより「死が美徳」となった

連合国側は参戦に先立ち問い合わせてきた
「当方は戦争において国際条約を遵守するが
貴国はジュネーブ条約に未批准だが如何《いかが》する？」
日本国の政府は答えた
「ジュネーブ条約を準用する」と

捕虜の人権を尊重するジュネーブ条約を守ることは
つまり「捕虜への虐待・殺害」はありえなかった
戦争における国と国との最低限の約束だからだ

だが日本では兵に『戦陣訓《せんじんくん》』が配られていた
「生きて虜囚《りょしゅう》の 辱《はずかしめ》 を受けず
死して罪過《ざいか》の汚名を残すこと勿《なか》れ」
また「勇往邁進百事懼《ゆうおうまいしんひゃくじおそ》れず
沈着大胆難局《ちんちゃくだいたんなんきょく》に処し……」
など当時敵国でもあった中国の言葉
日本から敵国語だと禁止されるべき
漢語や漢詩の対句などが多用された

『戦陣訓』の文の校閲に深く関わったのが
かつて『椰子の実』を詠《うた》った詩人だった

日本軍が進撃し続けるとき『戦陣訓』は
あまり凶暴な顔を見せないかもしれない
病気や負傷した兵たちは後方の衛生兵や
従軍看護婦に助けられ手当てを受けた
悲惨で凶暴なのは撤退・敗走のときだ
動けない傷病兵たちの背後に敵が迫る
そのままだと「捕虜」となるのは確実だ
「捕虜」は「死と同罪」だとされていた
健常な同僚は戦友を負ぶって行く力もなく

そっと拳銃か手榴弾を一つ置いて逃げ去った
またその体力や気力がない傷病兵に対しては
上官の命令により拳銃で「射殺処置」された

「捕虜」についてはお互いに「人間」として
尊重しようとジュネーブ条約で約束したのに
「捕虜は死」と定めた『戦陣訓』のために
一体何十万人の兵士や民間人が命を落としたか？

砂浜に流れ着いた一つの椰子の実から
青い海と空に包まれた遠い島に暮らす
平和で穏やかな人たちの生活を思う

優れた感性と思考と洞察力の持ち主だった
その詩人はいつ『戦陣訓』に手を染めたのか？
だが彼にとっては幸運だったかもしれない
日本の敗戦前に自死した人たちの叫び声が
聞こえない場所に身を隠してしまったのだから

碧い海と青い空が水平線で溶け合い
打ち寄せる波が旅愁を伝えるこの浜へ
今年もまた椰子の実が漂い着くだろうか？
親なる木と故郷の岸辺を遠く離れ
島人たちの祈りと優しい声を乗せて
南の風に吹かれ温かい潮の流れのままに

ちっちゃな指

かつて胎児が母の胎内で母の声と
心臓の響きと呼吸の音を聞きながら
心安らかにしゃぶっていた
もっちりとしたちっちゃな親指
子供時代には幼くとも
心と心の約束の証であった
指切りげんまんを結んだ小指
そんな柔らかく素直で純真で
決して嘘をつかない指たちが
社会の中で大きくなると

変形し変質し別の役割を持ち
ずる賢く無恥で強欲で傲慢で
暴力をさえ備えてしまうのか？

かつて真夏の青い空の中
爆撃機を計算どおりに飛ばし
子供や母や老人たちの頭上で
原爆投下ボタンを押した指
アウシュヴィッツ収容所で
シャワー室と偽った部屋に
裸にした人たちを押し込め
毒ガスのスイッチを入れた指

せめて子供たちの命は助けてと
必死に哀願する母親の目の前で
子供たち全員を撃ち殺した
自動小銃の引き金を引く指

わたしたちは自分たちの手の指で
道具を使い思考し進化し
文明を発達させてきたのではなかったか？
一体わたしたちの手の指は
どちらの方向を指し示しているのだろう
この青い地球の未来に向かってか？
それとも汚れた地球の終焉に向かってか？

世の母たちよ　生命を宿すものたちよ
それでもあなたたちの胎内で
胎児はあなたの声と鼓動と呼吸の音を聞きながら
必死でちっちゃな指をしゃぶっているのです

幻肢痛《げんしつう》

ほおい　そこの優しい看護婦さん
おいらの右足の親指の付け根を
ぼりぼりと掻いてくれないかい？
毛虫か何かがぞろぞろ這い廻っているようで
痒《かゆ》くって痒くってたまらないんだよお
それから何か左の足も変なんだ
まるで酷暑の砂漠を裸足で歩いた後で
極北の雪原を行軍しているみたいなのさ

ああ目の奥がたまらなく熱い

闇って暗いものだと思っていたが違った
真っ赤な炎の闇が燃えていやがって
いつまでもおいらを追いかけてきやがるんだ
でもあの爆発は敵が仕掛けたやつじゃなかった
あの迫撃弾はどじな味方の誤爆だった
でもあれは白日の夢だったのか？
爆風でおいらの体が地面に叩き付けられたとき
軍靴を履いた誰かの二本の足が
奇妙に青い空の中に吹き飛んでいったのは

おいらだって好きでやってた訳じゃない
銃口を村人や老人や女子供までに突き付けて

おかしな素振りをしたやつには
片っ端から自動小銃をぶっ放したもんさ
だってあいつらの怨みの目つきは
ぶすぶすとおいらの胸を刺し続けるのだ
でもあれは確かにおいらの誤射だった
民家の戸口から若い母親が布に何かを包んで
出てきた時はてっきり自爆の仕草に見えた
ためらわずおいらは引き金を引いた
気が付いたとき母親は戸口に倒れたまま
自分の血で真っ赤に染まった布を抱き締めていた
その腕の中で小さな赤ん坊が泣き叫んでいた

こいつが天罰っていうものなのか？
ほおい　そこの優しい看護婦さん
おいらの右足の親指の付け根が
痒くって痒くってたまらないんだよお
左の足が熱くって冷たくって変なんだ
ああ目の奥で真っ赤な炎が燃え盛って
その闇の中で軍靴を履いた二本の足が
おいらを追い廻し踏み付けにくるんだよお

戦場の仁

戦場における仁（恩徳・慈悲）は人と心を救うものなのだろうか？

宋襄《そうじょう》の仁

宋《そう》の襄公《じょうこう》※1　は涿谷《たくこく》のほとりで楚《そ》の軍隊とまさに戦おうとしていた
宋の軍勢はすでに隊列を整え準備はできていたが
※2
楚の軍隊はいまだ川を渡り終えていなかった
軍事官右司馬《ゆうしば》の購強《こうきょう》が走ってきて襄公を諫《いさ》めて言った
「楚の軍は多く宋の軍は少のうございます
どうか楚の軍に川を半ば渡らせまだ軍列が整わないうちに

これを攻撃すれば必ずや敵を打ち破れましょう」
襄公は言った
「わしは聞いている
君子は『傷ついた者に更に傷を重ねず　白髪交じりの老兵を捕虜にせず
危難の兵には迫らず　窮地にある者たちを追い詰めず
軍列の整わない敵には鼓を鳴らして攻撃せず』と言っているのを
さて今　楚の軍勢がまだ川を渡りきらないうちに
これを攻撃するのは道義にもとることである
楚の軍隊がことごとく川を渡り陣容を整えてから
攻撃の太鼓を打ってわが兵士らを進撃させたい」
右司馬は言った
「殿は宋の民を愛されず腹心の部下さえも守ろうとされず

ただ道義を為《な》そうとされるのみでございます」
襄公は怒って言った
「自分の持ち場に戻れ　さもないと軍法にかけるぞ」
購強はやむなく軍列に戻った
やがて楚の軍勢はすでに列を成し陣容を整え終えた
そこで襄公は進撃の太鼓を打たせて攻撃させた
多勢の楚軍の前に小勢の宋の軍隊は大敗し
襄公も股《もも》に傷を負って三日後に死んでしまった
これは自ら仁義を実行したいという君主の願望による 禍《わざわい》 である

出典：『韓非子』「外儲説左上　第三十二」より　岩波文庫　金谷治訳注
※1　襄公：古代中国春秋時代（前八C～前五C）の宋(～前二八六年。現中国の江南省付近を領有した国)の第二十代君主。在位、前六五一年～前六三七年。

※2　楚：前十一C頃〜前二二三年、揚子江中流域を領有した国

吮疽《せんそ》※1　の仁

呉起《ごき》※2　は魏※3に仕え将軍として秦※4を攻撃し五つの城を落とした
呉起が戦いに出るときには士卒の最も位の低い者と
衣服も食事も同じにし寝るにも敷物を敷かなかった
行軍するにも馬に乗らず兵糧《ひょうろう》も自ら腰に付け兵卒と労苦を共にした
あるとき兵卒に疽《そ》を病んだ者があった
呉起は彼の疽の膿《うみ》を自らの口を付けて吸い出してやった
そのことを聞いた兵卒の母が泣き出した
周りの者がそれを咎《とが》めて言った

「お前さんの息子は最下級の兵卒だろう？
それなのに将軍がご自身でお前さんの息子の膿を吸って下さる
勿体なくてこんな有りがたい話はないじゃないか？
だから一体どうして泣いたりなどするんだね？」
母親は答えた。
「いいえ以前あの子の父親も呉起様に従って戦に出かけました
息子と同様あれの父親も膿を呉起様に吸い出して頂きました
戦場では私の夫は　あれの父親は呉起様への恩義と忠義に燃えて
いつも敵陣にまっしぐら……結局壮絶な討ち死にをしました
今度はわたしの息子が同じ立場になりました
わたしはあの子がいずれどこかで父親のときのように
呉起様のために真っ先に死ぬだろうと思えるのです

だから今から泣いているのです」

出典：司馬遷『史記列伝』「孫子・呉起列伝　第五」より　岩波文庫　小川環樹・今鷹真・福島吉彦訳

※1　吮疽：「吮」は口で吸い取る。「疽」は悪性の腫《は》れ物。「吮疽」とは腫れ物の膿を吸い取ること。
※2　呉起：前四四〇年頃〜前三八一年。古代中国戦国時代の兵法家、武将。衛《えい》の出身で兵法を好み儒学も学ぶ。魏、楚などで仕えて功績があった。孔子のように尊称の「子」を付けて呉子《ごし》とも称される。著書が『呉子』とされているが、門弟の作か偽作とも言われる。
※3　魏：古代中国戦国時代の七雄の一国。中国の山西省から河南省を統治。
※4　秦：古代中国戦国時代の七雄の一国。陝西省一帯を領有した強国。前二二一年、諸国を統一して秦王の政は自らを始皇帝と号す。

死と生の同心円

眼窩《がんか》の底に黒い雨が降る
地を焼き家々を燃やし
人々の心と体を焦がし
粘り着く大粒の黒い雨が降る

死亡率を縦軸に取り
爆心地からの距離を横軸に取れば
死亡率は距離に反比例するという
距離が近いほど死は濃く
距離が遠いほど死は薄い

生存率を縦軸に取り
爆心地からの距離を横軸に取れば
生存率は距離に正比例するという
距離が近いほど生は薄く
距離が遠いほど生は濃い
これらを点で描いてみると
非情な「死の同心円」ができる

「死者たちに何もして上げられなかった
それゆえ生き残った者は罪人《つみびと》である」と
収容所から運よく生還した人々は自己を責めた
苛酷な事故から生き残った人々も自己を責めた

咎《とが》などないのに己の存在が罪だと自分を責めた
烈しく身を刺す自己処罰観念　※生存罪責感
この生存罪責感を縦軸に取り
死からの距離を横軸に取れば
罪責感は死からの距離に反比例するという
距離が近いほど強く
距離が遠いほど弱い
こうして「生存罪責感の同心円」ができる

社会は不条理に満ちている
地球は無惨に汚されている
海水浴客を呼び込むために

町役場の職員が総出で浜の掃除をする
大型トラック何倍分もの漂着物ごみ
「薄めれば基準値以下となり害はない」と
何百万トンもの放射能汚染水を海に流すという
地球はますます人によって蝕まれている

ぼくらはこの地球の中で
生き残った者の罪を背負っていくだろう
生は死に溶け
死は生に溶け
「死の同心円」
「生の同心円」

※生存罪責感（Ｓｕｒｖｉｖｏｒ　Ｇｕｉｌｔ）：戦闘、事故など極限状態中でたまたま生き残った人が、「本来、生きているべき人が死に、死ぬべき自分が生きている。自分は彼らの生を横取りしたのではないか？」と他者の死に対して抱く罪責感。心的外傷（トラウマ）の一つ。

漂着物

風は吹き
波は寄せ
時は零《こぼ》れ
潮は洗い
砂は埋め
風は晒《さら》し
波は返す

胴体だけのセルロイドの
人形

性《しょう》が抜けてしまったほ乳瓶の
乳首
かつて一家の屋根を支えた梁《はり》の
流木
焦げ跡の残るプラスティク製の
茶碗
黄ばんで変質し毛が抜け落ちた
歯ブラシ
フレームが壊れて片眼だけの
サングラス
精緻《せいち》な象嵌《ぞうがん》細工が剥《は》がれた
宝石箱

ヒールが欠けた銀色の一夏《ひとなつ》の
サンダル
歯が毀《こぼ》れ歪み曲がった鼈甲《べっこう》製の
櫛《くし》

風は吹き
波は寄せ
時は零《こぼ》れ

ハヤブサ（Falco peregrinus）

潮風で捩《ねじ》れた黒松の枝陰の中から
二つの黄色い虹彩《こうさい》が光っている
岬の突端からは紺青色に溶け合った
明け方の空と水平線が見渡せた
おまえは丸い海の彼方よりも
むしろ空の高みを目指していた
向かいの森からヒヨドリの一群が
逃げる生の点のように一斉に飛び立ち
黒い帯となって上下し急旋回したりした
おまえは趾《あし》で枝を蹴り翼で宙を打ち

空気の渦を残して一気に空に翔け上がった
昇ってくる朝日がおまえの艶やかな
縞模様の羽毛を金色に染めたが
おまえは眼下の群青色の海上を
飛んでいく獲物たちだけを狙っていた
そしてその中の一点を見定めると
空の高みから大気を裂いて急降下し
波打って逃げていくヒヨドリの一群を
生命の黒い帯を鏃《やじり》のように貫き
二つの生命は早一つの塊となって
大気の渦を残し岬の林に消えていった
どこか遠くで波の音が鈍く響き始めた

一群は新しく黒い帯を作って渡っていった
いつの間にか日は高く輝きを増していた

暗い河の橋の上で

暗い河の橋の上で
冷たい夜の雨が降りしきる
無明《むみょう》の河の流れの中に投げ入れよ
飼う気もない仔猫のごとく投げ入れよ

病んだまま癒されることのない魂を
干からびた悦楽のコインを
同僚との昼食のハンバーガー
一齧《ひとかじ》りほどの根もない約束を
飽食に爛《ただ》れた赤紫色の喉元の

粘膜に貼り付いた偽善の言葉を
奇妙に捩《ねじ》れた異形の自尊心を
日々に疲れた体の底の萎びた思いを

暗い河の橋の上で
襤褸《ぼろ》切れのように投げ入れよ

散逸し変色した記憶の破片を
浮腫《ふしゅ》だらけのシンパシーを
地雷で吹き飛ばされた片足の
血も神経も通わぬ痛み続ける義足を
宇宙《そ》の中の素の赤子《あかご》であるには

欲望に満ち溢れたこの世の魂を
享楽の市場で贖《あがな》うための金品を
圧殺されたままの怒りの叫びを

黒い雨の降る橋の上で
抜き差しならない泥濘《ぬかる》んだ夜の
暗い河の橋の上で
空虚で無常な空の下で

航跡《こうせき》

蒸し暑く眠られない船室を抜けて
フェリーの後部デッキに出かけた
船酔いだったのか手摺に身をもたせて
夜風に当たると幾分息が楽になってきた
額や髪から潮の匂いがし始めていた
エンジンの低い響きとともに
船尾から白い航跡が押し出され
黒い海に広がっては消えていった

この世に真実などないのかもしれない

寝る飲む食べる歩く走る休む
愛す疎む憎む渇望し嫉妬する
これらの中に真実の全てがあるのか？
いつの間にか東の水平線から
下弦の半月が昇ってきていた
その方向の海が銀鼠色《ぎんねずいろ》に輝き
魚たちが海面を飛び跳ねたりした

人のために祈る気持ちはあっても
神や仏を祈るのは自己愛でしかないのか？
いつの時代も自分たちの神仏のために戦い
「異教徒」「邪教」として迫害・虐殺した

半月がかかった夜更けの藍色の空に
夏の星座が広がる中を流星が走った
船尾から白い航跡が伸びては尽きるように
過ぎ去った日々は跡形もなく消えていくのか？

干涸《ひから》びた愛

おそらく
人は誰を愛しても
誰をも愛さなくてもよいのだろう

人は人を愛することができる
親は子を子は親を愛することができる
男は女を女は男を愛することができる
男は男を女は女を愛することができる
夫は妻を妻は夫を愛することができる
夫は人を妻は人を愛することができる

家族は互いに愛し合うことができる
祖父母は孫を孫は祖父母を愛することができる
友人は互いに敬愛し合うことができる
隣人は家族のごとく愛し合うことができる
人は幼児を人は屍体を愛することができる
だが人は天のように公平に愛することはできない

人は誰をも愛さなくてもよい
親は子を子は親を愛さなくてもよい
男は女を女は男を愛さなくてもよい
夫は妻を妻は夫を愛さなくてもよい
家族は互いに愛し合う必要はない

祖父母は孫を孫は祖父母を愛す必要はない
友人は互いに敬愛し合う必要はない
隣人は家族のように愛し合う必要はない
人は何をも愛さないでいることができる
天はかつて人を愛したことなどはない

愛は人から人へと授けられたものの伝承《でんしょう》か？
だから肉体の容器に満たされなかった愛は
空の器《うつわ》の底で干涸らびてかさこそと鳴るのだ
夜半《やはん》悪夢にうなされて胸を掻《か》きむしるとき

遠い日を打つ音

半透明な昼の月が出ていた
きみは誰にも知られることなく
そんなにも望みがないまま
深く心を病んでいたのだ

山雀《やまがら》たちが枝移りする樹木の
落葉を敷いた小径《こみち》を歩けば
澄んだ冬の陽射しに透けて
またも聞いてしまったのだ

世には社会を巡る奇妙な道がある
人の情けや人の道とは遠く離れて
遠い日に涸れてしまったはずの
枯葉色した記憶が散らばる川床《かわどこ》

藍色に澄んだ冬の空にかかる
透けて欠けた昼の月のように
蒼ざめて震えるきみの額の
血管が激しく脈打つ痛みの音

残雪の朝

気軽に散歩するには季節がやや早すぎた
まだ冬枯れた林を抜け小高い丘に立つと
はるか灰緑色《かいりょくしょく》に霞んだ山脈《やまなみ》が見えた
半ばほど残雪をまとう山容は眩しかった

紺青色《こんじょういろ》の朝の空に吐く白い息が交錯した
どこかの枝先で早くも頬白《ほおじろ》の鳴く声がした
ぼくは卑怯にも半ば後悔し始めていた
こんな丘まで一緒に来るんじゃなかったと

彼女の黒い目から幾筋もの涙が溢れ落ちた
「昨夜お父さんが亡くなった　自殺して
知人への連帯保証の責任を負わされて……」
その後は意味も脈絡もない涙声と嗚咽《おえつ》だった

残された人たちは今後理不尽な負債を担うだろう
金も力もない自分に一体何ができるのか？
贖罪《しょくざい》と祈りから彼女の肩にそっと手を置いた
彼女の頰は山々の残雪を背に蒼白く顫《ふる》えていた

パラシュート

深夜の静寂の底へ
落下していくパラシュート
すべてが眠る暗黒の大地へ
白い影が呑み込まれていく

両腋のベルトに自身の負荷と
濃藍色の空の広がりを担い
満天にきらめく星々を両足の
靴で宙に蹴り上げてみる

おまえに信じられるものは
重力の指す方向だけなのか？
地上を毒して栄える者たちは
いずれその倨傲《きょごう》ゆえに滅びる

重力と浮力が静かに折り合う
ゆるりとした降下の跡を曳《ひ》きながらも
おまえは地球の中のどの地点に
降り立つべきかを知ることはないのだ

メタフィジカルな筆

ぼくらがまだ若過ぎて青臭く高慢で
盲目的な夢に憑《つ》かれた目をしたまま
シュールのテンペラを捏《こ》ねくり合わせ
貧相なメタフィジカルな筆を振り回して
喧騒の街並みを練り歩いていたとき
夕暮れの風の中に幾度も銀の鈴の音を
確かに聞いたと思い込んでいたとき
本当は何も見ず聞いてもいなかった
ぼくらは何も分かってなどいなかった

悲しみに佇む一本の樅《もみ》の木と一人の少女
悦びに震える一房の桜の花と一人の老女
人生における生と死の間の真実の意味を
青い地球の向こう側とこちらの不条理を
希望と絶望との間に存在する闇の深淵《しんえん》を
ぼくらはまるで知ることはなかったのだ
ぼくらが暁闇《あかつきやみ》の中に一条《いちじょう》の光を求めて
シュールのテンペラを捏《こ》ねくり合わせ
メタフィジカルな筆を振り回していたとき

※メタフィジカル：形而上学的なさま。精神など形がなく現象のような経験を超えたもの。

灰色の雨の中

降りしきる灰色の雨の中
天からの声を聞くように
傘もなく身じろぎもせず
おまえは立ち続けていた

閉ざされたままの二階の窓が
いつの日か開くはずもなく
枯れ果てた庭の薔薇や芍薬《しゃくやく》が
再び花咲くことはないだろう

とっくに性《しょう》が抜けたゴムホース
喉はもはや叫ぶことができない
打たれ続けるしか居場所がない
冷たく降りしきる灰色の雨の中

夜明け前の夏椿《なつつばき》の蕾のように
蒼白く冷たく硬張《こわば》ったまま
一人で全てを背負い込めるほど
強くないことを知っているのに

岸辺

厳かな静寂のうちに
流れ去る黒い夜の河
満ち欠けする月の影を浮かべ
星々の運行を水面に刻む

密かに山々を巡り谷を削り
村里をよぎり街の灯りを宿す
時の悲しみも人々の移ろいも
また一つの黒い水脈となって

流れ去る夜の沈黙の河
わたしたちは一体何処から来
何処にどのように身を置き
一体何処に行き着くのだろう？

岸辺に打ち上げられたものたち
ただ遺棄された形骸《けいがい》だけが
暗い夜に僅《わず》かに音もなく
その身を朽ち果てさせるのか？

乾いた風の中に

小高い丘の樹の根元に
じっと腰を下ろしたまま
きみはひとり深く病んで
丘を渡る乾いた風の中に
火照《ほて》った顔の冷たく蒼白い手を
木陰からそっと伸ばしてみる

きみのか細い指の間を
すでに忘れ棄て去られた
思い出の残骸《ざんがい》たちの叫びが

虚ろな響きを残しながら
切れ切れの欠片《かけら》となって
宙の中に掻《か》き消えていく

あの丘の上を駆けていく
白い少女たちの歌声にも
きみは耳を傾けることはない
赤々と血の色に染まった
痛みに震える太陽がふいに
夕雲の中へと姿を没するときに

野薊《のあざみ》の沈黙

時節は春から初夏に
移り変わろうとしていた
すべて季節の変化は人を眩《くら》ませる

どんな言葉も頷《うなず》きも
交わされることはなかった
立ち止まり振り返ることさえも

道端に仔猫《こねこ》を捨てた少女のように
中空に暗い目をじっと見据えて

おまえは頑《かたく》なに帰り道を急いだ
そっと後戻りするほど
優しくも強くもなかった
ただ月日の中で萎《しな》びたくはなかった

小さな駅の見える土手の斜面に
一叢《ひとむら》の野薊が咲いていた
互いの胸を刺すような薄紅《うすくれない》の沈黙

空き瓶の憂鬱

黒い霧が重苦しく地を這い
暗い憂鬱のように街を包み
いくつもの夜と夜とが
混ざり合って淀んでいる

薄汚れた場末の酒場では
男たちの濁声《だみごえ》と煙草の煙と
女たちの嬌声《きょうせい》と溜め息とが
欲得ずくのとぐろを巻いている

身を焼くものは夢を失くした嘆きでも
嫉妬や悔恨でも憧れや呪いでもない
時代の流れの中で積み重なった
生活と疲れに醸《かも》され饐《す》えた酒なのだ

日々の底に凝ったままの行き果てぬ夢
グラスを覗き込む目は己の影を鈍く映し
ごとりと転がった足下の空き瓶のように
ただ夜の虚空にじっと見開かれている

ナメクジ

乳灰色《にゅうかいしょく》の小糠雨《こぬかあめ》は
草花の葉と庭の土を濡らした
静かな午後のひとときは
母親と幼子の午睡の恩寵《おんちょう》でもあった

薄日が差して庭が明るんだ
花壇に咲く紫陽花《あじさい》の茎と葉の周りを
一匹のカタツムリが巡っていた
ナメクジは根元に取り付いていた

「わたしはその日その時を
精一杯生きていくわ
石灰化した思い出の殻などは
暗い土の中に脱ぎ捨てて……」

彼女が進んだ後には
その身体が辿《たど》っていった
細く曲がりくねった
粘液の跡が光っているのだった

虚偽と真実

波穏やかな珊瑚礁《さんごしょう》の海に
純白の絹の布を浸《ひた》せば
波の囁き潮の流れ海中の水の揺らめきに
布はマリンブルーの憂愁に染まるだろうか？

初夏の太陽に向かって
手の平を高くかざせば
指間から漏《も》れる日の光に透けて
楓《かえで》の若葉のように指は輝き出すだろうか？

真夜中の闇の中に
一つの願いを放置すれば
孤独な思いと闇の沈黙に縛られて
もはや語ることはない小さな黒い粒と化すだろうか？

世の人々の真実の中に
虚偽《きょぎ》の棘《とげ》が幾つも突き刺されれば
真実は身を明かすために棘を抉《えぐ》り出すだろうか？
それとも棘だらけの醜い姿を真実として表すだろうか？

千粒の種子と百の思い

誤った有罪判決と誤った無罪判決
あなた方は一体どちらを選びますか？
前者は冤罪《えんざい》　罪のない人を獄中に繋《つな》ぎます
後者は時に殺人鬼を街に放つかもしれません

時計台の鐘が必ずしも
正しい刻《とき》を告げるとは限らないように
あなた方の心臓がいつも
一定の拍動を打つわけではありません

千粒の種子を野に播《ま》けば
千本の芽が生えるわけではないように
あなた方の百の思いは
一つもかなうとは限らないでしょう

真昼の空の高みに声を発せば
陽の光で隠された百万もの星たちが
あなた方の震える魂に応《こた》えて
宇宙の摂理を囁いてくれるでしょうか？

幻聴の誘《いざな》い

ある静かな夜のことである
幻聴が連れの声でアル中患者に囁きかけた
「おい、またいつもの酒場へ行こうじゃないか
安くて旨《うま》い酒が手に入ったからよぉ」

彼は目の前の友に語りかけるように答えた
「よう相棒、頼むから助けてくれよ
今の俺には二つの道しか残っちゃいないんだ
でも、どっちも辛くって怖くって
とても俺一人なんかじゃ決められねぇ

だから頼むよ、相棒
こんな意気地なしの俺の代わりに
あんたが決めてくれないかね？
また、あんたと一緒に出かけていって
呑まずにゃいられない酒を浴びるだけ呑んで
魂を悪魔に売り渡しながら杯を舐め回し
さらに甘い泥沼の深みにはまり込むか？
それとも、ちったぁ正気になるために
あの赤錆びた鉄格子のはまった
薄暗く寂しい病室へ逆戻りするか？」

古傷

疲れ果ててふと鏡の中の目を覗き込むと
遥かな街の過ぎ去った日々の風景が
道行く人が駅前通りの喧騒と路地裏の孤独が
渾然とした灰色の渦となって溶けている
その中から陽炎のように蒼白い影が
揺らぎながら浮かび上がり囁きかけてくる

「この世で価値のない者は
存在する資格はないのだわ
こう言うわたしもその一人なの

でもあなたにそんな資格があって？
この世に価値を与える才能があるの？
それとも　このわたしを虜にして
赤ん坊という不可思議な生き物を
ちっぽけな価値を産み出すつもり？」

その時きみは二十歳だった
若い時代が美しかったことはない
遠い日の郷愁は偽りの甘い罠である
ぼくたちは余りにも若過ぎて
青春という残酷な季節の無明の中
ぼくたちは目も耳も瘖《しい》いたまま

互いの棘で魂の襞を刺し合い
意味のない血を流し続けていたのだ

あれから何十年が経ったのだろう?
古い町並みはビルの谷間に消え去り
学生街のジャズ喫茶もコンビニと化したという
日々の乾いた灰色の風は吹きすさび
かつて血を流した魂の刺し痕も塞がって
迷妄《めいもう》の中で古傷が時折疼《うず》いたりするだけだ

風の中のマリ

風の中のマリ
歌っているマリ
黄昏の丘の斜面で
おまえの歌声に
聞き耳を立てている者がいる
歌っているマリ
優しく震える喉を
やつらが筋張った手で潰しにやってくる
風の中のマリ

霧の中のマリ
立ち続けるマリ
灰色の街の物陰から
おまえの後ろ姿に
目を付けている者がいる
立ち続けるマリ
寒さに震える胸に
やつらがナイフを突き立てにやってくる
霧の中のマリ

夜の中のマリ
病んでいるマリ

時代のカーテンの端から
おまえの蒼白い脈を
測り続けている者がいる
病んでいるマリ
祈りに震える唇に
やつらが死の水薬《すいやく》を注ぎにやってくる
夜の中のマリ

あの頃

ぼくたちがあの遠くの街で
黒いタートルネックのセーターと
スリムなブルージーンズで
駅前大通りや薄汚れた路地裏
人気のない公園や雨の遊歩道を
頑《かたく》なな瞳をして歩き回っていた
すらりとして蒼白い若者だった頃

ぼくたちがあの遠くの街で
潔癖《けっぺき》で完璧を期す若い神々のように

どんな女の優しい囁きや愛撫からも
親しい人たちの和《なご》やかな眼差しからも
遠く離れて孤独な思惟と理念とに
烈しく身と心を刺《とげ》立たせていた
志気のみ高く憂鬱な若者だった頃

ぼくたちの一日は
二十四時間と薔薇三本分の時間があった
短く焦げた煙草の吸い殻を
安手のブリキの灰皿に積み上げ
真っ暗なジャズ喫茶で今日の意味を問う
高慢《こうまん》な手に薔薇の花軸を握り締めても

血の滲《にじ》んだ指に目を止めることもない
砕けた磁器のような白い神経の欠片《かけら》
憧憬と絶望を空しくかき混ぜていた
だがお互い心の淵では気付いていても
誰の口からも言い出すことはなかった
皆それぞれ別の朝を追い求めていたと

真実の裏側

ぼくらがどんなに追い求めても
どんな山に登って探してみても
ぼくらは到達することができない
自分の目で捕らえることさえできない
永遠の真実

ぼくらがどんなに駆け回って
どんな岬の先端で潮風に叫んでも
魂の振動でその在《あ》り処《か》が分かっていても
ぼくらは手に触れることさえできない

一瞬の真実

ぼくらはなんと罪深い青春の時代を
生きてしまったのだろう
人を信じることで傷つき
人を愛することで絶望し
人を信じないほど神経が細く
人を愛さないほど臆病だった
だから自分はおろか誰一人
信じることなく孤独で
神経質なくせに傲慢で
安っぽい真実を振りかざしていた

真実は掬《すく》い取った清水が
両手の隙間から零《こぼ》れ落ちるように
身近な現実から滑り抜けていく
そしてぼくらは隣の友人たちが
孤独の病に冒され
灰青色《かいせい》の闇の中に
囚《とら》われの身となっていたことに
気づくことさえなかったのだ

初秋の風

晩夏の北の岬に立つと眼下には
黒褐色の海蝕崖《かいしょくがい》を打つ白い波の飛沫が砕け
丸みを帯びた紺色の海の遥か沖には
勢いを失った乳白色の小さな積雲が
まばらに浮かんでいるだけだった
きみはブラウスの襟元を引き寄せて言った

「あなたはもっと強くあるべきよ
優しさが正しさの枝に咲くものだとしても
今のあなたは自分のために戦うべき時だわ

男なら欲するものは自ら奪い取るべきよ
それがたとえ親友の恋人だとしても
しかもわたしは同時に二人とも愛しているの
人生の白熱的瞬間の中で輝いてみたいの
その向こうにどんな不幸の淵があろうとも
光芒《こうぼう》の中で真剣に生きたという実感は得られるはずよ
この世にはいくつかの大きな賭けは付き物だわ
そしてわたしはただ平凡な優しさよりも
より強く求めてくれる男の方に賭けてみたいの」

きみはぼくの傍らでじっと海を眺めていた
ぼくは親友も恋人も失いたくはなかった

どちらかを取ればどちらかを失うことだった
足下からは相変わらず波が岩を食む
息苦しく鈍い音が響いてくるのだった
ぼくがふときみの髪に手を伸ばしかけた時
翳りを帯びた青い空がきみの向こうで傾いていた
どこからか海鳥の鳴く声が聞こえてきた
いつの間にか午後の日は過ぎ風が出てきていた
夏の終わりというよりはむしろ初秋の風が
二人の間を冷たく吹き抜けていくのだった

幾つもの時代

貧しい時代がありました
人びとは爪に火を灯すように
日々の生活を切り詰めて
飢えをしのぐ事もしばしばでした
でも心の底では家族や隣人への
深い愛の炎は灯し続けました

悲しい時代がありました
人びとは国のための歯車となって
息子たちや夫を遠い戦地に送り

代わりに遺灰《いはい》を受け取りました
でも心の中では常に在りし日の
人びとの面影を抱き続けました

豊かな時代がありました
人びとは消費は美徳であるとして
樹を伐り倒し山を削り海を埋め立て
地球から宝を奪い取ってしまいました
しかも心の中で棄てられたものたちの
発する叫び声すら感じなかったのです

幾つもの時代が流れていき

古墓犂《こぼす》かれて田となり桑田《そうでん》変じて海となる
壊死した季節の中で突然変異株《ミュータント》の
罌粟《けし》の花々が狂い咲くことでしょう
沈黙の宇宙では美しい星がまた一つ
ブラックホールに呑み込まれていくのです

生きるということ

この世で生きるということが
不条理に堪え続けることであるならば
いずれ私たちの地球はその軌道を狂わせ
宇宙の闇を彷徨《さまよ》う星の 柩《ひつぎ》 となるだろう

一粒の種子が大地の暗い土の中で
種皮を破り柔らかな芽を伸ばすとき
一人の胎児が穏やかで温かい羊水の中で
母の心音を聴き取り小さな指を開くとき
幾億年を経て融合した種の遺伝子たちが

生命の光芒《こうぼう》を放ち始め誕生の刻《とき》を告げる

だが私たちの青く澄んでいた地球には
人類の叡智《えいち》であるはずの文明が作り出した
原子爆弾が落とされ枯葉剤が撒《ま》き散らされ
生命は焼かれ目や手のない子供たちが生まれ
一国の私利私欲のために戦争が仕掛けられ
武器商人や死体取り扱い業者が暴利を貪る

この世で生きるということは
不条理に抗い続けることなのか？
やがて私たちの地球が予定調和を失い

闇の宇宙を死の星として漂泊《ひょうはく》する刻まで

どんな空の下に

わたしたちの住む地球とは
どんな宇宙の中にあるのか？
白い雲をまとった青い水の惑星
はるか宇宙では銀河と銀河が出会い
あるいは衝突し銀河が銀河を呑み込み
ある星は最期をとげて宇宙の塵《ちり》と化し
また暗黒の星間物質から新しい星が誕生する
そんな宇宙の中の青い水の惑星

わたしたちが住む地球の夜の街には

ビルの灯とネオンの光で病んだ空から
糜爛《びらん》し饐《す》えた灰色の雨が降っている
下界を見下ろす豪華な展望レストランでは
一食が難民千人分に値する食事が配られ
地図の中では点ほどもない面積の土地の
利権をめぐって裏取引が行われている
わたしたちの地球では森林が売り買いされ
臓器がインターネットで競売に掛けられ
少女や少年たちの性が大人たちの餌食《えじき》となり
未来の子供たちの宝でもある資源が浪費され
放射性廃棄物が何万年後まで残されていく

百年の栄華は千年の後の古丘《こきゅう》となり
夏草の荒れた茂みの中で朽ち果てる

青い水の惑星であるはずの地球の中
地雷で両足を吹き飛ばされた少年の
立つべき大地はどんな空の下にあるのか？
爆撃で家族と両目を亡くした少女の
歩むべき道はどんな空の下にあるのか？

やさしい嘘

目の前に大きな悲しみが迫るとき
いつも人はやさしい嘘をつく
あなたは死の床の老母に囁くだろう
「お母さんは死ぬのじゃないのよ
先に天国で住んでいるお父様が待つ
素敵なところに会いに行くのよ
いつも綺麗なお花が咲いていて
そこには苦しみも悲しみもないのよ」

目の前で大きな苦しみに出会うとき

いつも人はやさしい嘘をつく
あなたは妻子に陽気に喋るだろう
「なに大した事はないさ　一億円くらい
男は借金が多いほど価値があるものなのさ
友人のよしみで印鑑を貸してしまったが
彼も必ず現れて負債を返してくれるだろう
大丈夫わが家や財産は無くさずに済むから」

目の前が大きな恐れでふさがれるとき
いつも人はやさしい嘘をつく
きみは遠い故郷の父母《ちちはは》に届かぬ手紙を書くだろう
「空を見上げると敵機の影が群れ飛んでいます

小鮒《こぶな》を釣った池や蜻蛉《とんぼ》を追った川原などや
皆で食べた粽《ちまき》の味が懐かしく思い出されます
わが隊は完全に包囲されましたが自分は大丈夫です
だって私は父上と母上の自慢の孝行息子だからです」

人々は神に祈りを捧げ続ける
「われらの父のみ心が天にて行われるごとく
われらが地にても行なわれますように！」
だが天で行われるようなことは
この地では行われることはない
「われらが人に許すごとく
われらの罪を許したまえ」

その罪はわれらの力が足りなかったからですか？

光と闇

悲しみはふっと空から降ってくる
静かな夜半に音もなく降り積む雪
父の葬式が済んだ夜　まだ若かった母は
誰のためか真っ赤なルージュを引いていた

どこかで子供たちの歓声が聞こえた気がした
籠の中の鳥は結局一生外に出られないのだ
後ろの正面にいつも誰かがいるわけではない
子供たちはみなそうして悲しみに慣れていく

生がこの世の光との最初の出合いであり
また世の悲しみを独り飲み込むことなら
死はこの世の光との永遠の別離であり
終わりのない暗黒空間への巡行である

部屋の窓ガラスを雪の結晶がそっと打つ
沈黙と静寂は決して同じものではない
別の日また夜がひたひたと満ちてくると
生と死は光と闇の中で溶けていくだろう

羽毛の憐憫《れんびん》

この世で生きるということが
不条理に堪え続けることであるならば

あなたがたは余りにも美し過ぎて
咲き始めた薄紅の桜の花びらのように
赤ん坊が見えない眼で母を探すように
その手を汚すことさえ知ることはない
深い悲しみの暗い色に染まることも
汚泥《おでい》の苦悩に顔を曇らせることもない
あなたがたの魂は白鳥の羽毛のように

その柔らかな白い軽やかさに導かれて
藍色《あいいろ》の空へ舞い上がっていくことだろう
そしてあなたがたは目が眩むほどの
空の高みから地上の世界を見下ろし
恐ろしいほど独りだと気づくことだろう

この世で生きるということが
不条理に抗い続けることであるならば

四季のスケッチ

春の日の物憂い午後に追想すれば
桜の花は艶《つや》やかにコブシの花は芳《かぐわ》しく
タンポポの綿毛のように原野を巡る
だが悔恨の根がはや地中で芽を出している

夏の蒸し暑い夜一人海辺に立てば
黒く丸い海を包む濃い藍色の空
遥《はる》か水平線を滑っていく遠洋航路の船灯《せんとう》
突然鞭打たれたように流星が空を切る

晩秋の澄んだ夜半に耳を澄ませば
樹々の葉は紅葉から枯葉と化して散り落ち
ただ一枚の葉として音もなく地に身を横たえる
やがて時は生きるもの全てを土に埋めていく

厳冬の朝の冷たい目覚めに襟をかき合わせば
軒下に垂れる幾つもの氷柱《つらら》が日に輝いている
沈黙のうちに融けては垂れ垂れては凍り
その円錐の切っ先を地球の中心に狙い定めて

紅葉の山から

樹々の間をぬって吹く風は
軽くどこか香ばしい匂いがした
樹々は一部落葉し大半ば色づいていた
楓《かえで》類の赤と他の樹種の黄が山を綾なしていた

乾いた落ち葉を踏みしめ小道を抜けて
山頂近くの見晴らし台の上に立つと
晴れた日のはるか北方の山々の頂には
真っ白な冠雪《かんせつ》が鮮やかに輝いていた

「どんな思い出も一つの幻に過ぎない」

きみははるかな山の雪を見ていたのか？

それとも雪の向こう側を見ていたのか？

遠くを望む者は幸せにはなれないという

麓《ふもと》から柔らかな風が吹き上げてきて
人々の声や村の生活の物音を運んできた
夕暮の空には弓張り月が透けていた
足下では樹々の紅葉が渦巻いている気がした

玩具《がんぐ》と地球

「人生は玩具であり幻に過ぎない」と
言い切るのは易しいことに違いない
映画の光が消えればただの白布のように
人生が尽きてしまえば思い出にさえならない

「人の死は哀悼だが一万人の死は一覧である」
官僚たちは上を窺《うかが》って名簿を密かに廃棄する
喉元に管を入れ過食《かしょく》させてできた家鴨《あひる》のフォアグラ
仔牛の柔らかいレアの肉で口から血が滴たり落ちる

「美味な食事からは優雅な文化と伝統が育ち
痩せた土地からは貧しい人々しか生まれない」
野の地雷で両足を吹き飛ばされた少年たち
夜の街へと痩せた体を売りにいく少女たち

人の痛みや苦しみは一つの玩具に過ぎないのか？
暗黒の空にさまざまな色の星々が輝いている
星々の固有の色はその表面温度で決まるという
では何色なのか自ら光ることをしないこの地球は？

月光

秋も更けた静かな夜半に
十三夜の冷たく澄明な月が
雲一つない南の空高くかかり
銀色の光で辺りを満たしている

深い眠りに就いた町の家々
山の樹々の葉や草の密かな息
町を巡る川が月光を反射し
夜空に無音の囁きを送っている

遠い昔の心優しい人たちは
月の鏡の中に離れ離れになった
親しい人たちの面影を映し出し
その思いを伝え合おうとしたという

いま遥かな街に住むきみの窓辺にも
銀色の光が細かな結晶として零《こぼ》れ
言い出せなかった言葉の欠片《かけら》を
そっと置いていっただろうか?

白い雨が降る

雨が降っている
公園のベンチを濡らし
ブランコの鎖に雫《しずく》は伝い
池の面《おもて》に水紋を描きながら
低く澱んだ灰色の空から
淀《よど》んだ四月の鬱情《うつじょう》へと
雨が降ってくる

雨が降っている
かつて靴音を響かせた

あの時代のスクリーンの
流れ落ちる傷跡のように
ザーザーとひとしきり
冷たく白い雨脚が
網膜を走り去っていく

朽ちていくもの

いまだかつてこの世の中に
神がいたことはあったのか？
神の名の下に憎しみ合い
お互いを殺し合っているのに

いまだかつてこの世の中に
条理というものがあったのか？
歴史の上に虚偽と不実の泥を
塗り込めてばかりいるというのに

難民キャンプから独り離れて
痩せ細った少女が地に蹲《うずくま》っている
伝染病が広がらないよう自らを隔離して
背後の木の葉陰で禿鷲《はげわし》の目が光っている

夜明けの森の奥で
枯れ落ちていくものは何だ?
深夜の街の中で
朽ち果てていくものは何だ?

高原の風

高原の木造りの見晴らし台に立つと
五月の陽の光に霞む大気の向こうに
中腹から上が鮮やかな残雪で画された
はるか東方の山脈を望むことができた

高原に吹く風はむしろ冷たかったが
陽の光はすでに初夏の熱で肌を刺した
ぼくたちは大気に満ちた光に眩《くら》み
地や草木から立ち上る匂いに酔った……

腕に麻酔注射され若い看護婦に脈を取られ
……十一・十二・十三……とカウントする
手術台の上の丸い無影灯の銀色の光の中で
医師の黒い影が歪んでは揺れ回って消えた

生はある限られた存在空間に過ぎず
死は峻烈《しゅんれつ》な途絶　永遠の別離なのか？
ぼくたちは感覚を失ったまま立っていた
夜気を含んだ風がつと吹き過ぎていった

湾と眩暈《めまい》

カフェのテラス席からマリンブルーの湾が見えた
強い香りのハーブティーとコーヒーが運ばれてきた
彼女は香りを嗅ぐと心地よげにカップから一口飲んだ
ぼくはハーブの匂いにむせてコーヒーが飲めなかった

彼女は悪戯《いたずら》っぽい目をして言った「あなたも一口いかが？」
「ぼくは匂いの強い物は苦手だ　十二歳のとき親父が死んだ
交通事故による即死だった　頭と顔は原形を留《とど》めていなかった
葬式では大量の香《こう》が焚《た》かれていた　死臭を消すためだった」

周囲を山々で囲まれた湾は午後の日差しの中で穏やかだった
彼女はカップをテーブルに置くと宙を見るように話し始めた
「別れようと言うのじゃなくてお互いの独立性を尊重したいの」
「分かってたよ　そんなこと　初めから互いに干渉しないって……」

風はないはずなのになぜか湾からは微《かす》かな潮の匂いがしてきた
彼女は女学生になったように無邪気にハーブティーを飲んでいた
ぼくらは帰ろうとして急に席を立ち上がったがぼくは眩暈《めまい》がして
彼女もテラス席もマリンブルーの湾もみな灰色になって回っていた

群青のディスタンス

夕暮れ山間に道を迷えば
澄み渡って秋めいた空が
気圏を抜いて続いている

過ぎ去った日々の面影も失せ
流された苦い血の跡もない
果てしない群青《ぐんじょう》のディスタンス

あなたがたは疾《と》うに羽根を畳み
地上での憩いに胸の傷を癒し

安逸《あんいつ》の美酒に喉を潤している
だが荒れ果て廃《すた》れた道の草叢《くさむら》から
圧殺された声なき叫びたちが
幾筋もの燐光《りんこう》となって群青の空を駆ける

大きな悲しみと小さな喜び

大きな悲しみは
家を押し潰《つぶ》す岩か罪人《つみびと》の足枷《あしかせ》なのか?
身動きすることも歩くこともできず
ただ感情の深い闇の底に沈む

大きな喜びは
過度に膨《ふく》れた風船が破裂するのに似ている?
回りの人々から祝福の嵐が巻き起こるが
後で飛び散った感情の破片を拾う

小さな悲しみは
ちょっぴり酸っぱい梅酢のような？
痛みを分かち合ってくれる友人たちと
炭酸水で割って梅酢ジュースで乾杯！

小さな喜びは
心の隅に隠しておきたいチョコレート？
でもやっぱり秘密にするには我慢できない
知人たちにそっと「喜び」のおすそ分け

丘の上で

失われてしまったものは美しいのか？
辛い思い出も古傷の悔恨さえも
潰《つい》えてしまったものは悲しいのか？
炎の憎悪も氷の嫉妬さえも

この世では人々のささやかな願いの上に
灰色のコンクリートが流され
日々の苦しみと疲労の中に
赤錆色《あかさびいろ》の鉄骨が打ち込まれる

生は死に継《つ》ぎ
死は生に継ぐ
この生と死の連環《れんかん》の中を
あなたは一人だけで行ってしまった

夕暮の丘は美しく悲しい
陽が雲の端《は》を血の赤に染めながら
黒い山なみの向こうへ落ちていく
冷たく乾いた風が丘を吹き過ぎる時に

冷たい雨に

灰色の冷たい雨が降っている
道端に棄てられたまだ目の明かない
仔猫が鳴き叫ぶ赤い口の中にも
ずぶ濡れの茶色と黒の斑《まだら》模様の毛にも

世界ではどんな生き物に対しても
大地は慈愛に満ちた母であり
天は流転《るてん》の生の父であるのか?
だが天と地は一つになる事はなかった

時代の傷を負ったままの人がいる
時代の傷を利得に変えた人がいる
思い出は脳裏《のうり》にできた腫瘍《しゅよう》なのか？
あんなに激しく痛み叫ぶからには？

人生に意味を感情に理由を絶望に光を
与えることなどできないのではないか？
鳥にさらわれたのか仔猫の姿は消えていた
灰色の冷たい雨が今も降り続いている

断崖の叫び

岬の端に立つと緑青色の北の海が広がっていた
どこかの岩礁帯《がんしょうたい》から波音と海鳥《かいちょう》の声が聞こえた
耳元を吹く風はもはや秋の終わりを告げていた
海を包む空に形の崩れた積雲が浮かんでいた

「この崖から身を投げれば死体も上がらないかしら?」

「でも半端《はんぱ》な怪我をして一生障害を負うかもしれないね」

「彼には地位も財産もある　名誉はいつか必ず私が得させるわ」

「ほら外航船《がいこうせん》が沖をいく　子供の頃は船乗りに憧れていた」

「あなたはいつも遠い夢の話ばかり　何年間も……
現実の私たちの生活や思いの糸を結んだことはなかった」
「だからその結婚話に乗ったんだね　今さら僕に何の用がある？
きっと君は素晴らしいウェディングドレス姿で輝くことだろう」

「私には純白の花嫁衣裳を身に着ける資格なんてないわ！」
彼女は悲しげな叫びを上げると彼に抱きついたまま崖を蹴《け》った
二人の体は異形《いぎょう》な塊《かたまり》となって波立つ海の岩礁帯へ落ちていった
誰もいない岬では波の打つ音と海鳥の群れが騒ぐ声がしていた

真実と虚偽《きょぎ》

暁の空のもとに
真実を打ち鳴らせば
世の人々の夜明けを寿《ことほ》いで
玲瓏《れいろう》な響きを上げるだろうか?

真昼の空のもとに
虚偽に鞭を打てば
世の人々の不正を祝って
迷妄《めいもう》な声を張り上げるだろうか?

夕暮の空のもとに
真実に銛《もり》を撃てば
世の人々の悲しみに満ちた
赤黒い血を流すだろうか？

真夜中の空のもとに
虚偽に肩を寄せれば
五色に輝く星々に向かって
背徳の甘い唄を歌うだろうか？

後記

十数年前、二週間程ごとに干潟へバードウォッチングに出かけたことがあった。チドリやシギ類など何千キ《キ》ロ《ロ》もの長旅の途中、休息し栄養を摂り、また次の旅へと出かける。旅鳥《たびとり》たちにとって干潟は「命の安息所・活力源」である。双眼鏡を通して彼らの長旅への不安と決意に胸を突かれる気がした。だが、干潟の周囲は漂着物のゴミの山。朽ちた魚網、プラスチックの破片、流木、ビニール、空きカン、国籍不明の注射器、褐色の液体入りのビン、潮と日によって変色した人形……。これらは皆、以前人の役に立っていた物ばかり……。チドリたちの健気な姿を見せてもらったお礼に、ビニール五袋分程のゴミを持ち帰った。計二十回程ゴミ拾いしたが、減らせたのは干潟全体の一万分の一にも満たないだろう。一個人としての限界を痛感した。

漂着物にはロマンがあるのか？　友人で民俗学者でもあった柳田國男から渥美半島の海岸(愛知県田原市伊良湖町)に椰子の実が漂着したという話を聞いた島崎藤村は、はるか南の島と人々に思いを馳せて「椰子《やし》の実」の詩を作り、後に作曲されて国民歌謡の一つになった。また、後の高校の国語の授業で「小諸《こもろ》なる古城のほとり」の詩と共に日本の近代詩の傑作として暗唱させられたものである。やがて、藤村はロマン主義詩人から自然主義作家へと移行。日本ペンクラブの初代会長、帝国芸術院会員となり文壇の重鎮となる。一九四一年（昭和一六年)、東條英機陸軍大臣が示達《じたつ》した『戦陣訓』の文案作成に参画《さんかく》。「生きて虜囚《りょしゅう》の辱《はずかし》めを受けず」など漢文調の文体は藤村らの手になるものである。

真珠湾攻撃後、開戦を決意した英米国は日本に打診してきた。「貴国はジュネーブ条約に調印したが批准していない。我国は同条約に調印・批准した。我々は国際条約を遵守して戦うが、貴国は如何《いかん》？」東條は答えた。「ジュネーブ条約に準じて戦う」と。この時点で交戦国同士の捕虜の虐待、虐殺、自決もありえなかった。違反者は軍法会議にかけられる。条約では「捕虜は人間として」取り扱わねばならない。だが、日本では国際条約よりも『戦陣訓』があり、「捕虜になるなら死ね」と迫られた。日本軍にとって地獄は前進より退却の方だ。前進の場合、負傷者は後方の衛生兵や従軍看護婦に助けられる。だが、退却時には動けない傷病兵の背後に敵軍が迫る。もはや捕虜同然。「生きて辱めを受けず」として拳銃か手榴弾で自決する。また、その力さえない者は上官の命令などにより殺害される。連合軍は「捕虜は人道的に扱え」と教えられたのに、日本軍は国際条約など知らされていなかった。何十万人の兵士や民間人が『戦陣訓』の「生きて虜囚の辱めを受けず」の一文で命を落としたか？　「玉砕」、「バンザイ突撃」という名の集団自決……。特に、居住地が戦場となった沖縄では民間人も例外でなく、機密保持のため殺害され、「虜囚とならず」などの理由で自死が強要され、医療に協力させられた女学生や老若男女の無惨な遺体が折り重なって発見された。

一体、詩人とは何だろう？　その人が優れた感性と洞察力の持ち主であるならば、人に先立って未来の世を見、今日の人々や無念の中に亡くなった人々の声を聞く。若き日の詩人藤村が岸辺に流れ着いた一つの椰子の実から、はるか南の海の音や島の人々の声を聞いたのに、日本ペンクラブ会長・帝国芸術院会員となった藤村は『戦陣訓』の作成中、戦場で負傷した兵士らや洞窟に追い詰められた民間人たちの声や恐怖の叫びが聞こえなかったのか？

岸辺の漂着物はいつも悲しい。

◆桂沢　仁志（かつらざわ　ひとし）
1951年、愛知県生れ。北海道大学理学部卒。
元高等学校教諭。愛知県豊橋市在住。
著書：「八月の空の下（Under the sky of August）」
対英訳詩集 2010年
「仮説『刃傷松の廊下事件』」歴史考察 2013年
「生と死の溶融《メルトダウン》」八行詩集 2014年
「光る種子たち」十六行詩集 2018年
「踊る蕊たち」詩集 2019年
「樹液のささやく声」詩集 2020年

漂着の岸辺

2021年3月16日　初版第1刷発行

著　者　桂沢　仁志

発行所　ブイツーソリューション
〒466-0848 名古屋市昭和区長戸町4-40
電話 052-799-7391　Fax 052-799-7984

発売元　星雲社（共同出版社・流通責任出版社）
〒112-0005 東京都文京区水道1-3-30
電話 03-3868-3275　Fax 03-3868-6588

印刷所　富士リプロ

ISBN 978-4-434-28715-2